あかね雲

Miyamoto Sonoe
宮本苑生詩集

土曜美術社出版販売

星の夜

あなたが旅立った
美しい　星の夜に
私も半分死にました

半分空いた私の心に
あなたが静かに入ってきて
私を支えてくれました

さようならを言うなら
あなたの半分の魂と
私の半分の魂に

あれから　ふたりは
ずっと　一緒

遥か彼方では
光の旅の途中

いくつの星に巡り合い
そして別れを告げたでしょう

あの日と同じ晴れた夜には
聴こえてくる

もはや
あなたのものでも
わたしのものでもない

たくさんの問に答える
星の声が聴こえてくる

Sternennacht

Als du auf deine Reise aufgebrochen bist
In der schönen Sternennacht
Ist auch eine Hälfte von mir gestorben

In mein halbleeres Herz
Bist du leise hereingekommen
Hast mich gestützt

Wenn ich Abschied nehme
Dann von deiner halben Seele
Und meiner halben Seele

Seitdem sind Beide
Für immer zusammen

In der weiten Ferne
Auf der Lichtreise

Seid ihr wohl mehreren Sternen begegnet
Seid dann weiter gezogen

In Nächten, so klar wie jene
Höre ich es

Schon
Sind es nicht mehr deine
Auch nicht mehr meine

Die vielen Fragen auf die sie antworten
Die Stimmen der Sterne die ich höre

ドイツ語訳／アンティエ・グメルス

＊目次

Ⅲ　女

Ⅳ　終わりのない旅

カバー画／アンティエ・グメルス「Songbook 1」

詩集　あかね雲

Ⅰ　ひかり

ひぐらし

ひぐらしが　鳴いている
細々とした記憶の中で
澄んだ音色で　鳴いている

明るい日差しを抜け出して
私は林の道を歩いて行く
ひぐらしの　鳴く方へ
死んだ人の　いる方へ

ひぐらしが鳴いている
生と死の
せめぎあいの中で
はやく　はやく　と
鳴いている

そこかしこに
光の抜け殻残るなか
私は
誰と出会ったか
そして　何を
語ったか

それは　そのまま
来世への思い出

私は抜け殻置いて
戻って来る
翳《かげ》り始めた
うつつの中へ

ひぐらしが　鳴いている
もう終わるよ　と
鳴いている

黒揚羽《くろあげは》

山に住む姉の家の
その部屋に
黒揚羽が
度々迷い込むという

鴨居すれすれに
軽やかに舞って

やがて

明るい日差しに
吸いこまれるように
帰っていくという

姉は信じている

黒揚羽は
死んだ妹の別の姿

「どんなメッセージを
伝えに来たのかしら?」

「いいえ
ただ会いたくて」

目をつむれば
黒揚羽の群舞

私の身体《からだ》は
少しずつ軽くなり
その群れの中へ

姉さんは
とっくに
群れの中のひとつ

この空は
過去も未来も
続いているから

人の想いは
もっと
続いているから

妹がすむ家の中に
黒揚羽になって迷い込んだ
姉と私を

「ああ
　姉さんたちだ」

妹は　遠い空を
懐かしみ

いつまでも
その姿を
追ってくれるだろう

こちらでは
夏の祭りが
終わります

宇宙の果ての
その里も
そろそろ　秋ですか

ひかりの掌《て》

十五夜にやって来た
まだ　半分　星の人

あなたの　母さんが
生まれたのは
寒い冬の明け方

あなたの　母さんの　母さんが
生まれたのは

この同じ月の　夜更け

あなたの　母さんの
母さんの　母さんが
生まれたのは
いったいどんな日だったか

星に還《かえ》った
そのまた母さんに
尋ねることはできないが
もしや
出会っては来ませんでしたか

星から星を巡り

十五夜にやって来た
まだ　半分
光の中の人

くっきりとした
誰かに似ている
瞼をとじて
母さんの掌のうえで
眠っている

差し出された
たくさんの
光の掌のうえで
眠っている

夜汽車

細長い灯《あか》りよ
閉じたまぶたの内側に
消えては浮かぶ　夜の列車よ
貨車には　灰となった思い出
客車には　光の粒となった人々
喘《あえ》ぎ喘ぎの煙

震える汽笛

私は指折り数える
忘れられない人の数
逝《い》ってしまった人の数

私は指折り数える
喜びと　悲しみの間を
光って揺れる　人の数

数珠のような灯りとなって
眠れぬ夜に浮かぶ列車よ
うるんで　にじんで

まぶたの奥に消える列車よ

私は自分の終着駅を
まだ　知らない
はるかな途《みち》を
まだ　知らない

水底の骨

渦巻く波の隙間から
今も鳴りやまない
クラクションの音

水の壁に　こだましつづける
くぐもった叫び

(あの苦しさは
どんな罰だったのだろう)

守るべき身体は
朽ち果てたというのに
崩れ去ることを拒絶する
最後の砦

夜の波の奥深く
さらに　連れ去ろうと
手招きするものたち

わたしは行かない
まだここに　いるよ

忘れ去られた後も
おまえの夢となって
いつまでも　いるよ

晒されていく記憶の底に
僅かな発光がある限り

わたしは　死を信じない

祈りの群れ

わたしは自分が誰だか
知らないのです

いつからここにいるのか
覚えていないのです

もはやどこにもない
身体

折れた腕は
舟の舳先に繋がれて
押し流されて行きました

砕けた骨は
貝殻と　どうして
見分けがつくでしょう

眼窩《がんか》は　今や
魚の棲みか

無念の　集合
悲しみの　浮遊体
それが　わたしです

すくいあげてください
この想いを

あなたの生の中に
私の死を生かしてください

今も強く押し返す
最期の声を
あなたの言葉で
伝えてください

生者と死者とが
結ばれることこそ

わたしの願いです

ああ　光る影
何千何万の
祈りの群れ

やがて
秋の終わり
初めての冬

晩秋

かわいそうに
おまえは
生まれた時から死んでいる

霜の褥《しとね》に横たわり
凍っていく夢の中で
私は　おまえを
生んだのだから

けれど

長く尾を引く風の唸りが
私とおまえを　蘇らせる

真っ白な産着はどこにある？
せめておまえに着せてあげよう

あふれるミルクはどこにある？
このかあさんの痩せた胸から
したたるのは　冷たい雫

細い腕をわずかに震わせ
金色の葉の隙間から
私はおまえを見ていた

さあ　もっと近くに
鈍く光るこの木の側に

私の手のひらの金色の針は
もうだれの指も咎めない

そっと　触ってごらん

でも
おまえが欲しているのは
ほんの少しの温もり

かわいそうに
おまえは
生まれた時から死んでいる

再び　おまえを抱いて
私は途切れた夢の中

もっと　深い秋
もっと　深い眠り
もっと　深い終わりに

やがて　林は
雪の静けさ

Ⅱ 蛍

ほたる

蛍
火《ほ》垂《たれ》る　星《ほし》垂《た》れる
黄泉《よみ》の国から　迷わずに
母の瞳を抜けて来た
母の願いが　私の胸に
火垂て　ほたる

記憶の川をさかのぼり
生まれる前のかの国へ

今いちど
火照《ほて》る　ほたる

母の　瞳を
灯すため

わたしの　瞳を
灯すため

＊　火垂る　星垂れる　火照る　＝　蛍の古い呼び名

夢のはじめ

夢のはじめに　もどりたい
宇宙の闇にぽっかり浮かぶ
蛍のような　いのちの影に

空の夢でも　ゆめの空でも
心のおくでは　知っている
それが生では　ないのなら
それは死でも　ありえない

いのちの巡りに　なる前の
喜び悲しみ生まれるまえの
大いなる意志の　その後の
見えない手から　放たれて
宇宙の闇にぽっかり浮かぶ

消えては光る　蛍のような
夢のはじめに　もどりたい

見つけたかしら

この川は　あの川と同じですか
渦巻き　逆巻いた
あの川と同じですか

この私は　あの時の私と同じですか
こんなに儚くなったけど
同じですか

随分遠くまで探しにきました

哀しみだけが点る
ここは　いったい　どこですか

私の胸は張り裂けて
もはや記憶も曖昧です

私はあなたを探しています
水の匂いたよりに　探しています

あなたは　私を見つけたかしら

蛍になった　あなた
蛍になった　私を
見つけたかしら

蛍を追って

蚊帳から出ると
身体が急に軽くなって
蛍と宙に浮いている

見下ろせば
闇に沈みかけた家
蚊帳の中で
ひとりの少女が眠っている

あれは　幼い頃の
淋しがり屋の私
今はずっと遠い私

さようなら
元気でね

ぶかぶかの寝巻を
風が攫って行った
――どこに行くの？
目をしばたたいて
蛍に訊いた

蛍の返事も　光の点滅
――いつも帰るところ

これまでと　これからの
永い道のり思いながら
夜空に点滅繰り返し
蛍の後を追って行く

おいでなさい

闇がぽっかり口空けて
そちらの木立は怖すぎる

こちらの繁みにおいでなさい
甘い水ならすぐそこに

呼んでいるのは遠い風
手招きするのは水の草

夜空の星は姿を消した
あの世の境は　ほら　そこに

水辺で点る　私の姿
見においでなさい

むき出しの魂
見においでなさい

恐ろしいほど惹かれあい
一度きりで忘れてしまう

土に還るか　水のむくろか
願いは天に昇ること

来世があるなら　また蛍
来世がないなら　これっきり
おいでなさい
灯りを点して　こちらの闇へ
おいでなさい
灯りを消して　死の宴

Ⅲ　女

水の歌

夜の水辺に近づかないで
あの歌声が聴こえても
月の影が呼んでいても

昼の水面を覗かないで
あの歌声が途絶えても
木の葉の舟が震えても

水鳥一羽　潜って消えた

オフィーリアはまだ水の底
胸から伸びた睡蓮は
血の色わずかに　滲ませる

勿忘草は枯れました
とっくの昔に枯れました

オフィーリアはまだ水の底
繰り返し夜が来て
昨日も今日も夢を見ないで
移ろう筈の現《うつつ》も消えた

流す涙はありません
じぶん自身が涙ですから

オフィーリアはまだ水の底
寸分たがわず私になって
終わらない歌　うたうだけ
歌うだけ

あわの国

水の底の　あわの国
ひとりの女が　住んでいた
見えない光を　受けるため
見えない瞳を　持っていた

水の底の　あわの国
女は　生まれて　すぐ消える
消えて　女は　また生まれ
時間《とき》は進んで　また戻る

波の上では　凪が凪
月の光が　待っていた
月の形の瞳を　ひとつ
波間に浮かべて　待っていた

波間に揺れる　瞳の奥で
見えない瞳が　夢を見る
誰の夢でも　かまわない
千年先でも　かまわない

途絶え　途絶えの　眠りのなかで
女は　今日も　若返る

忘れています

水の底の　その国に
住んでいるのは　魚でしょうか
届いているのは　光でしょうか

水の底の　その国は
ひと晩が　一年に
一年が　十年に

百年は　千年に
千年は　また　一年に

ああ　出て行くのは　止めましょう

泡の女　生まれて消える
泡の男　生まれて消える

泡の女が消えるたび
光の指輪
波間で光る

水の底の　その国は
刻《とき》の満ちない国ですから
泡の二人
愛しているのを　忘れています

占い

風もないのに灯りが消えた
——ああ　また誰かが死んだ
おばあさんは耳を澄ます
こんな日は森の遠吠えも聞こえない

もう一度灯りをつけて食事の支度にかかる
火種に用心深く小枝を足して
良く見えない目で炎を見つめる

——燃える　燃える　燃えてしまう

倹《つま》しい食事を終えると早々に床につく
眠りは素敵な仕掛け
毎夜繰り返される死の予行演習

夢の中でおばあさんは若い女だった
燃え盛る火の中で踊っていた
――燃える　燃える　体が燃える　心も燃える
未練も恨みも残さない

次の日
おばあさんが死んでいるのを村人が見つけた

遠くでひとつ灯りがともる

火の女

女は踊る
大地の鼓動に足を踏み
マグマの熱に手をからめ
身をよじり女は踊る

颪の男
火の女を呼んだ

宿命の渦に押し上げられ

女は答える
「私を呼ばないで」

捉えられ　胸を揺すられ
炎の唇差し出した

闇に映える激しい踊り
互いの身体　焦がした

女の髪がくすぶる朝
男の胸は　空洞
そこから青い空が見えた

空っぽの胸の底から

再び男が叫ぶ夜
女はもう応えない

けれど　絶え間ない呼び声に
木々を唸らすその声に

「私を呼ばないで」
灰の中から
女の分身が身を起こす

Ⅳ　終わりのない旅

鳥

人間より
少しだけ先の時間に
生きて
鳥は　今日も
未来から呼びかける

そのさえずりが
梢から人間に届くとき
鳥の気持ちはもうそこにはない

風の匂いで今日を占い
木の実をついばみ
次の枝を探している

鳥は振り向かない
ああ　だから
忘れるということがない

おはよう　おはよう

人はゆっくりと空を見上げ
既にいない鳥の影を
鳥だと思って
眩しく見送っている

雨の日

そぼ降る雨の町
古い記憶を　一つ一つ
取り出しながら歩いた

町はずれで一匹の捨て犬を見つけた
雨よりも冷たいものに濡れていた
行き交う人も車も　気に留めない
見慣れた景色のひとつ

心に浮かんだ犬の名前を
呼んでみた
いつもそうしていたように

胸のハートの模様は　いびつだけど
きっと　お前だね
晴れていれば日向の匂いがするんだ

でも　重く湿ってちぎれた記憶は
教えてくれない
いつ　どこで出会ったか
生まれる前のことなのか

犬も誰かを探していた

悲しげなその目は
この私でないと言う
犬が知っている私は
どんな私だったのか

垂れ込めた空を仰ぐ
こんな日は
俯瞰する大いなるものも不在だろう

ツバメが　雨を過り
雛の待つ巣へと急ぐ

もういちど

犬の名前を　呼んだ

遅夏《おそなつ》

通いなれた林の道
遠くに流れていく雲

空はこんなに明るいのに
わくらば一葉ほどの　哀しみ

鳥も虫も私たちも
何を求めて来たのだろう

そこかしこから聴こえてくる
遅夏の声

かなかなも鳴いているね

永い夢の果て　闇抜け出て
光との出逢い

澄んだ声が
天空に還って行く

みち野辺の花を
今年逝った友に

秋の晩餐

一日の終わりに
西日が　山の陰に沈む頃
女たちも　最後の輝き

鏡のなかで
夕焼けのひと刷毛を塗っている
「西に帰る鳥のような　眉を引こう」

傍らのテーブルでは
年老いた女の　夕餉の祈り

「神様
　光の晩餐に早くお招きください」

胸元から広がる
夕焼け色のエプロン

雲の上では　車椅子の行列
西を目指す鳥の群れ

合わせ鏡に夕闇が迫っていた

子供たちは
東の空の遊びから
まだ戻らない

影の道

知らない道を歩いていた

この道は　どこに続いているのだろう
城壁で守られていた　中世の町
大きな夕陽が臨める　港町
何世も前に　私が捨てられた街かも知れない

さっきまで一緒だった女の子の
あの小さな手を

私はいつ放してしまったのだろう
笑いながら見上げた　その顔
信じ切った　眼差し
それはそのまま　何世も前の
子供の私だったかもしれないのに
自分がされたように
私も子供を捨てたのだろうか
影ばかりが行き交う砂ぼこりの道端か
軋んだ井戸で水を飲んだ　あの時に

さっきまで一緒だった女の人はどこに行ったのかしら
わたしを守っていてくれた温かい手は思い出せるのに
もう　顔は思い出すことは出来ない

あの人もこの夕日を見ているかしら
わたしを探してくれているかしら
こうして歩いていれば　また会えるかしら

ひとつの影が歩いていた
ふたつの想いを行き来しながら
夕日の道を歩いていた

夕景

風よ
今しばらく
沈む夕日を見ていたい

忍び寄る闇
うな垂れたすすきは
懐かしい人たちの後姿

やがて瞳の光も失せるから

わずかな輝きを
庭の隅の小さな草の実に
分けてあげよう

瞼の奥の思い出は
そのまま空の記憶へ

またいつか
若返ったおまえの声で目覚めたら
すべての夢を忘れても
この夕空　懐かしく仰ぐだろう

さあ　静かに聴こう
虫の音が一層澄んできた

この世の最後の友
風よ
一緒に

明日も

あの世から遠く
この世の淵に
あかあかともえる雲よ

懐かしい人たちの
鮮やかな記憶を
いくつも載せている雲よ

永い夢の　束の間の輝き

そこは地上を見下ろせるところ
転生を願う人たちが集うところ

この夕べも
ああ　なんて賑やかに
語り合っているのだろう

見上げる瞳も
明るく照らされて

おおい　元気ですか！
明日も　あしたもね

あとがき

この十数年、家族や親しい方々を次々に見送ってきました。夕空を眺めるたびに、亡くなった人たちを思い出します。

この度、やっと上梓の運びとなったこの詩集は、それらの人々へのオマージュであったことに気づき、詩集名『あかね雲』にもその思いを託しました。

＊

装画を敬愛する画家のアンティエ・グメルス（Antje Gummels）さんにご提供頂いたこと、それだけでなく、序詩、「星の夜」のドイツ語訳もご快諾くださったことに、無上の歓びを感じております。

また、「星の夜」はアンティエ・グメルスさんの体験が元になっています。

お兄様であるヤン・グメルス（Jan Gummels）さんが亡くなられた時のことを、手紙に書いてくださいました。ひとり枕元で、最愛のお兄様を見送った時、「私も半分死にました」とありました。その言葉に衝撃を受け、作品「星の夜」が生まれました。

＊

Ⅰの「ひかり」は、東日本大震災のその年のうちに編んだ個人詩誌「ひかり」に、作品「水底の骨」を加え、他は、ほとんどそのままの形で掲載しました。あとがきに「震災の犠牲となられた方々にこの小さな作品集『ひかり』を捧げます」と記しました。

Ⅱ、Ⅲ、Ⅳの殆どはその後に創られた作品です。

＊

この詩集が生まれるまでに、たくさんの方々のお力添えを頂きました。アンティエ・グメルスさんの友情に感謝し、心よりお礼申し上げます。陰で力を貸してくださった、佐藤宏子さん他親しい方々に、この場を借りて感謝申し上げます。

お世話になった土曜美術社出版販売の高木祐子氏、装丁の直井和夫氏に篤くお礼申し上げます。

＊

私の生涯の師、宗左近先生が愛された「あかね雲」を詩集の題名に冠しました。感無量です。

二〇二三年　春分の日に

宮本苑生

著者略歴

宮本苑生（みやもと・そのえ）

詩集『あの青』一九九五年　書肆とい
詩集『へんしん』二〇〇〇年　思潮社　第三回駿河梅花文学賞
詩集『るら るら る』二〇〇七年　思潮社
詩物語『わたし猫ですわ』二〇一六年　待望社
個人詩誌『ひかり』二〇一一年　私家版
個人詩誌『かあさんの空』二〇一三年　私家版
個人詩誌『思い出レシピ』二〇一五年　私家版

日本現代詩人会　日本詩人クラブ　日本ペンクラブ

現住所　〒一八二―〇〇三六　調布市飛田給一―九―一〇―一〇一

装画

アンティエ・グメルス（Antje Gummels）

一九六二年ドイツ生まれ　女性画家　ドイツ　レーゲンスブルク在住

詩集　あかね雲《ぐも》

発行　二〇二三年五月十日

著者　宮本苑生
装丁　直井和夫
発行者　高木祐子
発行所　土曜美術社出版販売
〒162-0813　東京都新宿区東五軒町三―一〇
電話　〇三―五二二九―〇七三〇
FAX　〇三―五二二九―〇七三二
振替　〇〇一六〇―九―七五六九〇九

印刷・製本　モリモト印刷
ISBN978-4-8120-2761-5　C0092